まじょのナニーさん

ふわふわピアノでなかなおり

藤 真知子 作
はっとり ななみ 絵

ナニーさんと　おるすばん

「こんどの　しゅうまつ、ナナは　おうちで
ナニーさんと　おるすばんしててね。」
ママに　いわれて、ナナは　びっくり。
「ナニーさんって　だれ？」
「かていきょうしも　してくれる、
スーパーかせいふさんよ。とっても

ひょうばんが　いいの。」
ママが　じまんげに　いいました。

☆

しゅうまつ、おねえちゃんの
リリが、とおくで
おこなわれる
ピアノコンクールに
でます。

その　あいだ、ナナは　パパに　ゆうえんちや
えいがに　つれていってもらう　よていで、
たのしみでした。
ところが、パパが　外国《がいこく》に　しゅっちょうに
いく　ことに　なったのです。
「それで　しらない　人《ひと》と　おるすばんなんて
いやよ。わたしも　いっしょに　コンクールに
いきたいわ。」
「だめよ。リリは　あそびにいくんじゃないのよ！

むこうでも　れんしゅうするのよ。」
ママが　こわい　かおを
すると、いつもは
ナナの　みかたの
パパまで　いいました。
「こんかいは
おねえちゃんを
おうえんして、ナナは
るすばんしようね。」

そ、そんなあ……。
たしかに　まじめで
がんばりやの
おねえちゃんの　リリは、
ようちえんから
はじめた　ピアノも　まい日《にち》　れんしゅうして、
とっても　じょうずです。
それで　先生《せんせい》が　コンクールを　すすめたのです。
でも、いもうとの　ナナは　すぐに　あきて

さぼってばかり。
ともだちと　元気《げんき》いっぱい　あそんでいるほうが
すきなのです。
だから　ママは、じゃまになると
おもっているんだわ。
ナナは　口《くち》を　とんがらせました。
次《つぎ》の日《ひ》。
ナナが　学校《がっこう》で　あそんでから　かえってくると、
ママが　しらない　女《おんな》の人《ひと》と　はなしています。

それが　ナニーさんでした。
黒《くろ》い　ふくに　パリッとした　黒《くろ》い　エプロン。
かみを　おだんごにした、ちょっと　ふしぎな
女《おんな》の人《ひと》。
「ナニーさん、ナナと　るすを　おねがいね。」
ママが　いうと、ナニーさんは
じしんまんまんに　いいました。
「かしこまりました。おりょうり　おせんたく
おそうじは　もちろん、ナナさんの

おべんきょうも　ピアノも　しっかり　みます。」
ぎょえっ！
きびしそう！
でも、ママは　まんぞくげです。

「ナナも　ナニーさんの　いう　ことを　きいて、
いい子《こ》に　してるのよ。」
そう　いって、ママは　リリと　いそいそと
でかけてしまいました。
おるすばんの　ナナに　もっと　やさしい
ことばを　いってくれても　いいのに！
こんな　きびしそうな　人《ひと》と　いっしょに
今日《きょう》から　三日《みっか》も　すごすなんて……！
ナナは　おもしろくありません。

だから　ナナは、
リリにも　ママにも
「いってらっしゃい」も
「がんばって」も
いいませんでした。
それでも　ムカムカするので
リビングの　ソファに
すわりこんで、ピアノを
にらみつけました。

リリが　コンクールの
ために　つくられた
「くもの　ピアノ」と
いう　かだい曲《きょく》を
まい日《にち》、ひいていた
ピアノです。

「ピアノなんて　ほんとの　くもに　なって、
どこかに　いっちゃえば　いいんだわ！」

おもわず　ピアノに　やつあたりして、
いいました。

そのときです。

「それが　ねがいですね。」

おそうじしていた　ナニーさんが、
いつのまにか　そばに　きて、いったのです。

えっ、なに？

「おまかせください。」

そう　いって、ナニーさんが　ポケットから

小《ちい》さな　ぼうっきれを　とりだしました。
すると、えっ、なに？
それが　ぐーんと　のびて　まほうの
つえみたいに！
ナニーさんが　その　つえを　くるんと
まわしたとたん！
ピアノが　ゆらっと　ゆれて、白《しろ》く
ふわふわっと　なって、うわあ！
ほんものの　くもの　ピアノ！

ぷかっと　ういて、
そのまま　ひゅうっと
まどから　そとに
とんでいきました。
う、うそ！
青空《あおぞら》に　ぽっかり
うかんでます。
いっぽう　リビングは
がらん……。

それを　みたとたん、ナナは　きゅうに
さびしくなりました。
いつも　ピアノを　ひいていた　おねえちゃんの
リリまでが　くもに
なって、
きえちゃったような
気《き》がしたのです。

「うわあ、だめだめ！　もとに　もどして！」

ナナが　あわてて　さけぶと、ナニーさんが
つえを　くるんと　まわしました。

すると、くもが　まどから　ひゅうっと
とびこんで、また　黒《くろ》い　ピアノに　なりました。

「うそ！　いまの　なに？」

ナナは　目《め》を　ごしごし　こすりました。

「まほうです。」

「ナ、ナニーさんって　まじょなの？　だったら、

もっと　まほうを　つかって！」

ナナが　ドキドキしながら　いうと、

ナニーさんは　すまして　いいました。

「まほうは　一日《いちにち》　一回《いっかい》です。また　明日《あした》。」

「えーっ、そうなの？」

「もちろんです。ここは　まほうの　せかいでは

ありませんから。」

おやつのとき、ナナは　ナニーさんが　まほうを

つかってくれるかもと　おもって、わざと

コップを　おとしてみました。
でも、ナニーさんは　ゆかに　おちる　まえに
すばやく　うけとめました。
「こんど　こんな　ことを　したら、自分《じぶん》で
あとかたづけを
してもらいます。」

ううっ、きびしい！
でも、ナナは　わくわくしていました。
まほうが　あるなんて、ステキすぎ！

おかしの　おうち

「ナナさん、夜《よる》ごはんの　まえに　ピアノの
れんしゅうを　してください。」
ナニーさんが　きっぱりと　いいました。
ナナは　いつも、「頭《あたま》が　いたい」とか　「ゆびが
いたい」と　いって、さぼってばかりですが、
ナニーさんは　だませそうに　ありません。

「じゃあ、すきなのを　ひいて　いい？」
ナナが　きくと、ナニーさんが　うなずいたので、
かんたんそうな　がくふを　さがしました。
すると、あっ！
きょねんの　がくげいかいで　ひいた　がくふが
でてきました。
ナナは　なつかしくなりました。
ピアノを　ならってる　ナナが、「ヘンゼルと
グレーテル」の　げきで、さいごの　うたを

ばんそうしました。
おねえちゃんの　リリが
おしえてくれて、
れんしゅうしたのです。
がくふには、先生《せんせい》が
かいてくれた　かわいい
ヘンゼルや　グレーテル、
どうぶつの　絵《え》が
あります。

森《もり》で　まいごに　なった　ヘンゼルと
グレーテルが、おかしの　おうちを　みつけて
たべていると、わるい　まじょに
つかまってしまいます。
おにいちゃんの　ヘンゼルを　にて
たべようとした　まじょを、いもうとの
グレーテルが　かまどに　おしこんで
やっつける　お話《はなし》です。
この　げきでは、さいごに　ヘンゼルや

グレーテルや　森《もり》の　どうぶつ　みんなで
おかしの　おうちを　たべながら　うたうのです。
ひきながら、ナナが　口《くち》ずさみました。

♪ヤムヤム　ヤミー　おいしいな♪

ヤミーと　いうのは　えいごで　「おいしい」と
いう　いみです。
うたってるうちに　たのしくなってきました。

「また　みんなで　うたいたいなあ。」
おもわず　いうと、ナニーさんが　いいました。
「ここは、スタッカート。もうすこし
とびはねるように　ひいてください。そしたら、
おまかせください。」
えっ？　もしかして？
ナナが　いっしょうけんめい　はずんで　ひくと、
ナニーさんが　あの　つえを　しきぼうみたいに
ふりました。

その　とたん！
ナナの　ピアノに　あわせて　がくふから
うた声《ごえ》が　きこえてきたのです。

♪ヤムヤム　ヤミー　おいしいな
わるい　まじょの　いなくなった
おかしの　おうちは
おいしさ　ひゃくばい♪

なんと！
がくふに　かいてあった　ヘンゼルや
グレーテルや　どうぶつたちが、うたいながら

おどりだしたのです。
「うわあ、すごい！　でも、まほうって　一日《いちにち》一回《いっかい》じゃないの？」
おもわず　ナナが　いうと、ナニーさんが
すまして　いいました。
「さいしょの　日《ひ》ですからね。とくべつです。」
「うわあ、ナニーさん、ありがとう！」
ナナが　よろこんでいると、ヘンゼルが
うたうように　いいました。

「まじょに　つかまって　こわかったときも
グレーテルが　はげましてくれたから　ゆう気《き》が
でたよ。」
グレーテルも　いいます
「わたしは　いつも　ヘンゼルおにいちゃんの
みかただもん。フレー　フレー、ヘンゼル。
わたしが　ついているよ。」
「ひとりぼっちじゃ　つらかった。
おうえんしてくれて　ありがとう。」

きいてるうちに、ナナは　はっとしました。
リリが　でかけるとき、なにも　いわなかった
ことを　とっても　こうかいしました。
「わたし、おねえちゃんに　おうえんしてるって
つたえれば　よかった……。」
ナナが　いったときです。
プルルルル。
うちの　でんわが　なりました。
ナニーさんが　でんわに　でて、ナナに

かわると、ママからでした。

「おねえちゃん、きんちょうして　夜《よる》ごはんを
たべなかったの。」

たいへんです。

ナナは
あわてて　いいました。

「おねがい、おねえちゃんに　かわって。」

「じゃあ、ちょっとだけよ。」

ナナは　うなずきました。

「もしもし……。」
でんわに　でた　リリは、すごく
きんちょうしているらしく、小《ちい》さな　声《こえ》です。
「ねえ、おねえちゃん。おぼえてる？

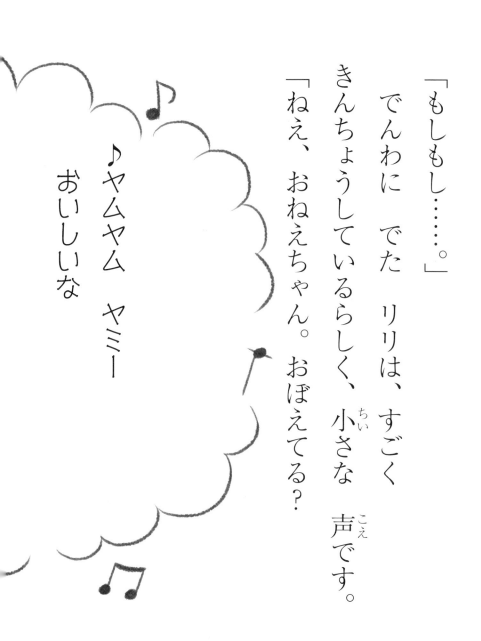

わるい　まじょの
いなくなった
おかしの　おうちは
おいしさ　ひゃくばい♪

おにいちゃんの　ヘンゼルが　まじょに
たべられそうになったとき、　いもうとの
グレーテルが　あきらめないでって

おうえんしたでしょ。それと　おなじで、
わたしも　おうえんするよ。フレー　フレー
おねえちゃん！」
ナナが　いうと、リリが　うふっと
わらいました。
ふたりで　声《こえ》を　あわせて　ヤムヤム　ヤミーと
うたっていると、たのしくなりました。
「ありがとう、ナナ。なんか　おなか
すいてきちゃった。」

なんだか　リリが　元気《げんき》になったみたい。
ナナは　うれしくなりました。

あめあめ女《おんな》さん

よく日《じつ》、ゆうがた。
「ナナ、ありがとう。ナナと　はなして
おねえちゃん　すっかり　元気《げんき》になったの。
だから　れんしゅうどおりに　じょうずに
ひけて、しょうれい賞《しょう》を　とれたの。これから
じゅ賞式《しょうしき》で、明日《あした》　かえるからね。」

ママが　うれしそうに
でんわを
かけてきました。
「うわあ、
すごい！」
ナナも　うれしくて　たまりません。
おうえんできて　よかった！
リリも　はずむように「ナナ、ありがとう！」と
いいました。

でも、ママは　ちょっと
しんぱいそう。
「明日《あした》の　おひるすぎには
かえれると
おもったのに、こっちは
ひどい　大《おお》あめで、
電車《でんしゃ》が　とまってるの。
明日《あした》も　そうだったら、
こまるわ。」

「まかせて！」

ナナは　おもわず　いってしまいました。

「まあ！　ナナったら、ほんとに

おちょうしものなんだから。」

ママが　あきれました。

でも、ナナは　ナニーさんに　おねがいする

つもりでした。

だって、リリに　はやく

あいたかったんですから。

ナナが　その　ことを　つたえると、
ナニーさんが　いいました。
「大《おお》あめは、あめあめ女《おんな》さんが　わああ
ないているからです。なきやめば　あめが
やみます。」
「どうやったら　なきやむの？」
「それは、ナナさんの　うでしだいです。」
「ええっ！　わたしの？」
「はい。あめあめ女《おんな》さんが　しくしくなけばしとしとあめ。 わあわあ なけば 大《おお》あめです。」
「ナニーさんに あったら、 なきやむ？」
「大《おお》なきしていたら、
わたしにも 気《き》がつきません。
なきやませるのは
ナナさんですよ。」
「わかったわ。 じゃあ、
あめあめ女《おんな》さんの ところに
つれてってくれる？」

「はい、おまかせください。ほうきで
いきましょう。」
「えっ、ほ、ほうき！　空《そら》とぶ　ほうき？」
ナナは　うれしくって、とびはねました。
なんて
まじょらしいんでしょう！
「ええっと、くつは
はいていくの？
スカートは

パンツが　下《した》から　みえちゃう？」
わくわく　きいたのに、ナニーさんは　すまして
いいました。
「みじかすぎなければ、スカートでも
だいじょうぶです。ただし、黒《くろ》くもの　上《うえ》は
ぬまみたいに　ぬかるんでいるので、白《しろ》くもの
ながぐつを　つくります。わたしが
つくっている　あいだに、ナナさんは
しゅくだいを　してください。」

そう　いうと、ナニーさんは　にわそうじに
つかう　くまでを　空《そら》に　むけました。
すると、まあ！
ぐーんと　のびて　白《しろ》くもを　ふわっと
すくったのです。
ナニーさんが　くもを
ぬうのを　ちらちら
みながら、ナナは
しゅくだいを　しました。

それから、あめあめ女《おんな》さんが　よろこびそうなものを　よういしました。
女《おんな》の子《こ》なら　うれしくて　えがおになるような、キラキラの　かわいい　かみどめに、シール、それから　キラキラの　キャンディー……。
「できましたよ。」
ナニーさんが　つくった　白《しろ》くものフワフワながぐつときたら、なんてかわいいんでしょう！

そのうえ、ほうきに
のるなんて　ステキすぎです。
ほうきは　ふわっと　とびあがり、
白《しろ》くもを　ひゅうっと　つきぬけると、
くもの　上《うえ》の　青空《あおぞら》に。

そのまま　とんでいると、とおくに　黒《くろ》くもが
みえて、なき声《ごえ》が　きこえてきました。
ちかよると、黒《くろ》い　ドレスの　あめあめ女《おんな》さんが
わあわあ　ないています。
これでは　下《した》は　どしゃぶりのはずです。
「さあ、いってらっしゃい。」
黒《くろ》くもの　上《うえ》に　おりると、ナニーさんが
ナナの　せなかを　おしました。
ううっ、きんちょう！

ぐじゃぐじゃの　黒《くろ》くもの　上《うえ》も、ながぐつの
おかげで　すいすい　あるけます。

「あめあめ女《おんな》さん、なくのを　やめて！」

ナナが　いうと、

「あーん　ひどいわ。おこられたあ！」

と、あめあめ女《おんな》さんは　ますます　わあわあ
ないてしまいます。

「ごめんなさい。なにが　かなしいの？」

と　きいても、

「わかってくれないの？　ああ！
かなしすぎるわ！」
と　いって、ますます　なきます。

「これ、あげるわ。きれいでしょ？」
そう　いって、キラキラグッズを　だしても、
「そんな　子《こ》どもっぽい　もので……。」
と、ますます　なきます。
くすぐって　わらわせる　さくせんなんて
とても　むり。
どうしたら　いいのでしょう！
せっかく　つれてきてもらったのに、
ナナのほうが　なきたい　気《き》ぶん。

でも、ここで　ふたりで　ないていても
しかたありません。
リリと　ママに
かえってきてほしいもの。
あめあめ女《おんな》さんを
なきやませなくちゃ。
元気《げんき》、ださなきゃ！
ナナは、もってきた
キャンディーを　口《くち》に　いれました。

そのとき、おもわず　いってしまいました。
「あめの　日《ひ》の　あめは　あまい！　あめぇ！」
パパの　ダジャレです。
いつもは　さむーいと　ひいてましたが、
やだ、うつっちゃったみたい……。
すると、あめあめ女《おんな》さんが　くすっ。
えっ、ダジャレに　わらってくれた？
ナナは　ちょうしに　のりました。
「あめあめ女《おんな》さん、あめえ　あめ、どうぞ。

あめを　あめて、ううん、なめて。」
あめあめ女《おんな》さんも　キャンディーを　なめると、
「大《おお》あめの　日《ひ》の　あめ、おお、あめぇ！」
と　いって、けらけら
わらいだしました。

そして、なきやんだ　あめあめ女《おんな》さんは
ナニーさんに　気《き》がついて　うれしそうに
さけびました。
「きゃあ、ナニーさん、こんな　おもしろい子《こ》を
つれてきて
くれたの？」
「ええ。
ナナさんです。
ナナだけど

七人《ナナにん》ではなく、ひとりです。」
えーっ！
ナニーさんまで！
いつのまにか　黒《くろ》くもも　白《しろ》くなっています。
ナニーさんが　いいました。
「あまごいの　声《こえ》が　します。あめあめ女《おんな》さんを
まっている　人《ひと》が　いますよ。」
「あっ、ほんと。でも、たのしくって
なけないから、あめを　ふらせられないかも。」

そう　いいながら　あめあめ女《おんな》さんは、
白《しろ》くなった　くもに　のって、
とんでいきました。

でも、あんなに　なける
あめあめ女《おんな》さんって
すごい！

そのとき、くもの　下《した》が
はれて、にじが
かかっているのが　みえました。

すてきな　コンサート

「きのうの　でんわの　あとで、きゅうに　あめが
やんだのよ。ナナが　『まかせて』って
いったからかしら。ふふっ。電車《でんしゃ》が　ちゃんと
うごいてるから、おひるすぎには　うちに
つくわ。」
よく朝《あさ》、リリが　でんわしてきました。

うわあ、よかった！
「ねえ、おねえちゃん。かえってきたら　みんなを
よんで、おいわいの　コンサートを
しましょうよ。」
ナナが　いうと、リリが　しょぼんと
いいました。
「でも、わたし、ピアノの　おけいこばっかりで、
あんまり　おともだち　いないし。」
「だいじょうぶ！　全校《ぜんこう》しゅうかいで

おねえちゃんが　ピアノを　ひいたときから
わたしの　ともだち、みんな
あこがれてるのよ。」
　すると、
リリも
うれしそうに
わらいました。
　そうと
きまれば、ナナは　大《おお》はりきり。

ナナの　学校《がっこう》の　ともだちは　もちろん、
おけいこの　ともだちや　おとなりの　おばさん、
きんじょの　おばあさんや　こうつうあんぜんの
おじいさんにまで　声《こえ》を　かけました。

「のみものを　かってきましょう。いったい　何人《なんにん》くるんですか？」

ナニーさんが　ききました。

「わかんないけど、いっぱいよ。へやにはいりきらないかも。ねえ　ナニーさん、ピアノの　ばしょを　まほうでうごかしてもらいたいの。」

「おまかせください。」

そう　いって　ナニーさんが　ぐるんと　つえを

ふると、マジックペンが　でてきました。
「まほうの　マジックペンです。目《め》や　口《くち》を
かくと、どんな　ものも　しゃべったり、
ひとりで　うごいてくれますよ。わたしは
かいものに　いってきますからね。」
「うわあ、ありがとう！」
なんて　すてきな　ナニーさん！
ナナが　ピアノに　目《め》や　口《くち》を　かくと、
ピアノは　うれしそうに　はなしだしました。

「あっ、ナニーさん！
いってらっしゃい。」
「えっ、しってるの？」
ナナは　びっくり。
「だって、この　あいだ、
くもの　まほうを
かけてもらいましたからね。
くもに　なって　空《そら》を
とんだ　ピアノなんて

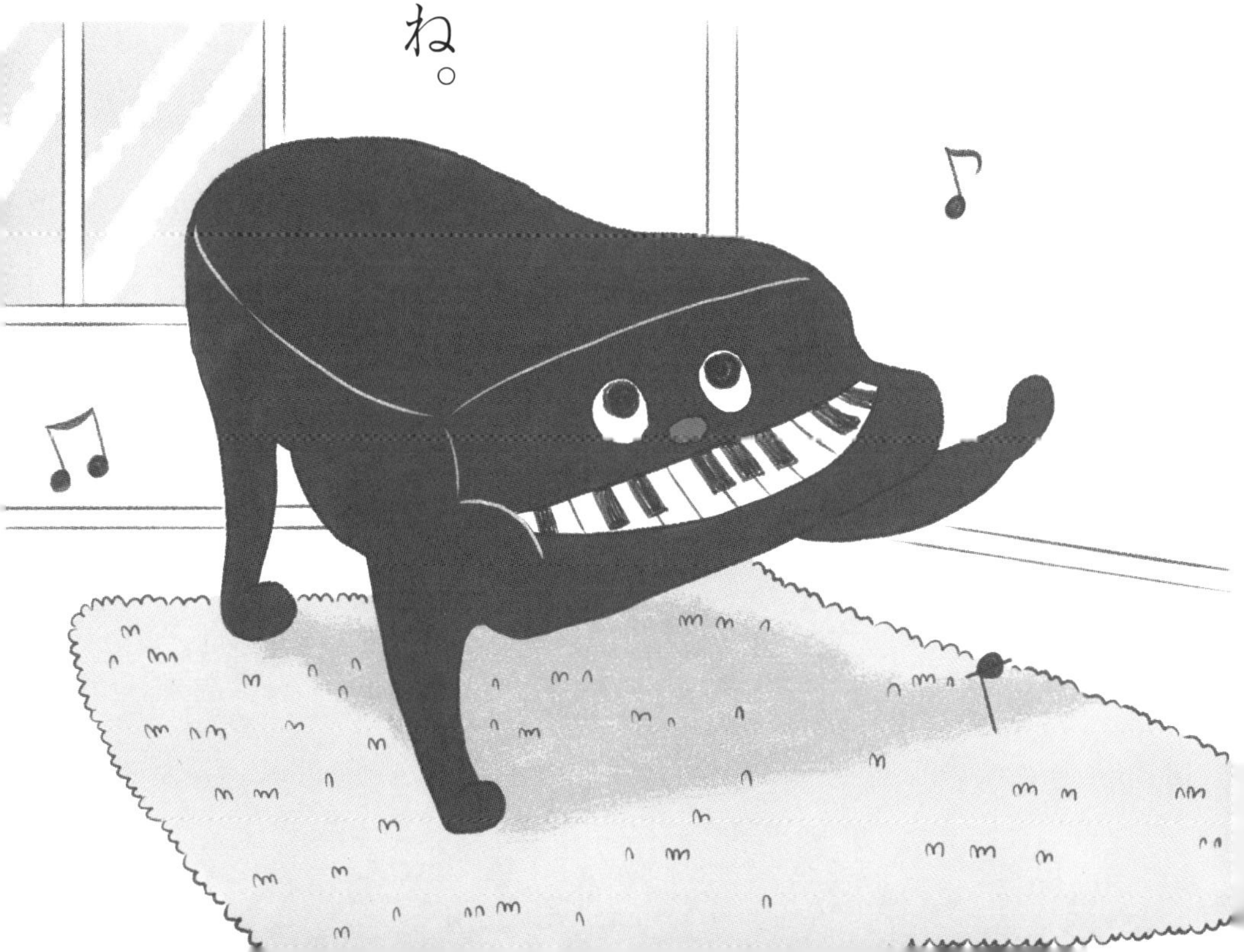

ほかに　いませんよ。いい　けいけんです。
ありがとうございます、ナニーさん。」
そう　ピアノが　いったので、おもわず　ナナは
いいました。
「それって　わたしの　おかげでも　あるのよ！」
ナニーさんが　かいものに　でかけたあと、
ナナは　テーブルや　いすも
うごかしたくなりました。
それに　二《に》かいの　いすも　もってきたいな。

それで、テーブルにも
いすにも　みんな　目《め》や
口《くち》を　かきました。
ところが、たいへん！
「ねえ　みんな、
リビングで
ちゃんと
ならんで。」

ナナが　いっても、みんな　いう　ことを
きいてくれません。
あっちへ　うろうろ。
こっちへ　うろうろ。
おしあい　へしあい。
そのうえ　ぺちゃくちゃ。
「ちょ、ちょっと　まってよ。これじゃあ、うちが
ぐちゃぐちゃ！」
ナナが　さけんだときです。

「ただいま。」
「うわあ、ナニーさんだ！」
つくえも　いすも
大《おお》よろこびで、かえってきた
ナニーさんの　まわりに
あつまりました。
「みんな　しずかに！」
ナニーさんが　いうと、
ピアノも　つくえも

いすも　だまりました。
「ナナさん！　こんなに　マジックペンを
つかって　いいとは　いいませんでしたよ。
そとにまで　声《こえ》が　きこえていますよ。」
ナニーさんが、おこりました。
「ごめんなさい。」
ナナは　おろおろして　いうと、ピアノも
つくえも　いいました。
「ごめんなさい、ぼくたち　うごけて

うれしくって。」

「ナナちゃんを　せめないで！」

きゃっ、うれしい！

「では、みんな　ナナさんに　ちゃんと
きょうりょくなさい。」

ナニーさんが　いうと、みんなの　いう
ことを　きいてくれました。
すてきな　コンサートかいじょうの　できあがり。

☆

リリと　ママが　かえってきました。
もう　そのときには　ピアノたちの　目《め》も　口《くち》も
きえてしまいました。
あつまった　ともだちや　おきゃくさん、
みんなが　はくしゅして　むかえると、リリも

ママも　とっても　うれしそう！
「ナナ、コンサートの
じゅんびまで　ありがとう！
ナナは　ピアノを
さぼってばかりの
こまったちゃんだと
おもっていたけど、ともだちが
いっぱいで　やさしくて、
ママの　たからものよ。」

ママが　いうと、リリも　いいました。
「ほんとよ。ナナに　やりたい　ことが　できたら、こんどは　わたしが　おうえんするわよ。」
「だったら、わたしは　また　ナニーさんと　おるすばんしたいわ。だから　おねえちゃんと　ママは　また　コンクールに　いって　いいよ。」
ナナが　いうと、ふたりは　びっくり。
えへへ。
あとで　リリにだけは　ナニーさんの　ひみつを

おしえてあげようかな……。
でも、そうしたら、リリも　いっしょに
おるすばんしたくなっちゃうかな？

作家・藤　真知子（ふじまちこ）

東京女子大学卒業。『まじょ子どんな子ふしぎな子』でデビュー。以後、「まじょ子」シリーズ（全60巻）は幼年童話のファンタジーシリーズとして子どもたちの人気を博している。
他にも絵本『モットしゃちょうと モリバーバの もり』や読み物「わたしのママは魔女」シリーズ（全50巻）（以上、ポプラ社）、「チビまじょチャミー」シリーズ（岩崎書店）など作品多数。

画家・はっとりななみ

武蔵野音楽大学卒業。その後東京デザイン専門学校でグラフィックデザインを学び、製紙メーカーデザイン部を経て、イラストレーターに。絵本の挿絵やグリーティングカードほか、さまざまな媒体にイラストレーションを提供している。

ナニーさんに　つかってほしい　まほう、
おはなしの　かんそうや　イラストなど、
おたよりを　おまちしています！

〒102-8519　千代田区麹町4-2-6
（株）ポプラ社 「まじょのナニーさん」係

まじょの　ナニーさん

ふわふわピアノで　なかなおり

2018年10月　第1刷

藤　真知子　作　はっとりななみ　絵

発行者　長谷川 均　編集　松本麻依子

装丁　山﨑理佐子

発行所　株式会社ポプラ社

〒102-8519　東京都千代田区麹町 4-2-6

電話　（編集）03-5877-8108　（営業）03-5877-8109

ホームページ　www.poplar.co.jp

印刷　中央精版印刷株式会社　製本　株式会社ブックアート

ISBN978-4-591-16015-2　N.D.C.913　79p　22cm

P4900231

まほうがすきな子《こ》、あつまれ〜！

ふしぎがいっぱい☆藤《ふじ》 真《ま》知《ち》子《こ》の本《ほん》

まじょのナニーさん シリーズ（既刊《きかん》4巻《かん》）

ナニーさんは　おりょうり、おせんたく、おそうじに
かていきょうしまで　できちゃう　スーパーかせいふさん。
すごいのは　それだけじゃ　ありません。ナニーさんは
まじょなんです！「おまかせください」が　きこえたら、
ふしぎな　まほうの　はじまりです☆

❶『まじょのナニーさん
まほうでおせわいたします』
ママがけがをして入院《にゅういん》し、パパもおしごとでいそがしく、せっかくの夏《なつ》やすみにひとりぼっちのレミ。そこへナニーさんがやってきて…。ステキな夏《なつ》やすみのはじまりです！

❷『まじょのナニーさん
にじのむこうへおつれします』
もうすぐお姉《ねえ》ちゃんになるユマですがママが入院《にゅういん》しなければならず、ひとりぼっちに。そこへナニーさんがあらわれて…。ふあんをのりこえユマはひとまわり成長《せいちょう》していきます。

❸『まじょのナニーさん
女王《じょおう》さまのおとしもの』
インフルエンザで学校《がっこう》にいけないアミですが、ママはおしごとにいかなければならず、ひとりぼっちに。そこへナニーさんがあらわれて…。ゆう気《き》と自信《じしん》をあたえてくれる物語《ものがたり》。

❹『まじょのナニーさん
ふわふわピアノでなかなおり』
ナナのお姉《ねえ》ちゃんはピアノがじょうず。けれどもそのせいで、ナナはひとりぼっち!?　そこにナニーさんがあらわれて…。自分《じぶん》らしさを大切《たいせつ》にできる、心《こころ》あたたまるお話《はなし》。

まじょ子《こ》 シリーズ（全《ぜん》60巻《かん》）

たのしくって　かわいくって
おいしくって　ワクワクするのが
だーいすき！　まじょ子《こ》と　いっしょに
ふしぎな　せかいに　いきましょ♪

60『まじょ子《こ》とステキなおひめさまドレス』
かわいいドレスの絵《え》をかくのが大《だい》すきなルイのところへやってきたまじょ子《こ》。ハンドメイド王《おう》国《こく》のプリンセスをたすけてあげなくっちゃ！